APRENDIZ DE CABALLERO

VIVIAN FRENCH   DAVID MELLING

CÍRCULOS, RAYAS Y ZIGZAGS

EDELVIVES

Traducido por Alejandro Tobar
Título original: *Knight in training. Spots, stripes and zigzags*

Publicado por primera vez en el Reino Unido
por Hodder Children's Books en 2016

Edelvives Talleres Gráficos. Certificado ISO 9001
Impreso en Zaragoza, España

ISBN: 978-84-140-0653-5
Depósito legal: Z 494-2017

Para la escuela Towerbank
de Portobello, con cariño
V. F.

Para Iva y Noan Fizir
y en recuerdo de Đuro Sunajko
D. M.

Dora

Sam J. Butterbiggins
y Dandy, el pájaro garabato

Dennis

Prunella

Weebles

Prima Dolly

Tío Archibald

Tía Eglantine

ÍNDICE

UN GUISO SALADO

Querido diario:

Me han mandado a mi habitación por grosero. ¡Buf! ¡Y de grosero, nada! Al menos, esa no era mi intención. Lo único que hice fue decir que no quería más estofado, y cuando la tía Egg me preguntó POR QUÉ NO, se me ocurrió responderle que estaba un pelín salado para mi gusto. Ella me llamó desagradecido ¡y me envió a mi cuarto! Al pasar junto a su silla, el tío Archibald me guiñó un ojo para darme a entender que él también pensaba que era incomible. ¡Estaba SALADÍSIMO! He tenido que beber LITROS Y LITROS de agua y TODAVÍA tengo sed.

Vaya FAENA. Resulta que la cocinera ha
tenido que ir a visitar a su abuelo enfermo,
y la tía Egg nos ha mandado a Prune y a mí
a ayudar en la cocina TODA LA MAÑANA.
Por eso no hemos podido ir al establo*:
así que tampoco hemos podido leer nuestro
pergamino mágico... Aún no sabemos cuál
será nuestra misión de hoy, el tiempo vuela
y se nos está haciendo más y más tarde.

(*Quizá no deberíamos haber escondido
el pergamino bajo el heno de Weebles. Pero
no nos podemos arriesgar a que la tía Egg
averigüe lo que estamos haciendo: ella no
soporta nada relacionado con caballeros.
Seguramente nos confiscaría el pergamino
y lo usaría para encender la chimenea
o una barbaridad por el estilo).

¿Cómo voy a CONVERTIRME en
un noble caballero y a realizar nobles
acciones si ni siquiera podemos iniciar
la siguiente prueba?

Ya es DESPUÉS DE COMER y aquí
sigo, en mi habitación, ¡sin hacer nada!
Y Prune también está en su cuarto,
¡igual que yo! Si esto le hubiera
pasado a ella, ni siquiera habría probado
el estofado. Se hubiera excusado
diciendo que se sentía mal, la tía Egg
se hubiera enfurecido, le habría dicho
que, como hija, su comportamiento
era decepcionante, Prune hubiera
pasado de ella olímpicamente y...

—¡Chisssss!

Sam se asustó y el pájaro garabato abandonó
su hombro al tiempo que emitía un graznido
y Prune entraba corriendo en la habitación.

—¡Rápido!

—ordenó—. Papá se
ha quedado frito en su
despacho y mamá está
roncando en la sala de
estar; así que podemos ir
al establo sin que nos vean.
¡He pasado de puntillas al lado de mamá y ella,
como si nada!

Sam parecía nervioso. La tía Egg era la madre
de Prune, y aunque a su hija no le infundía
ningún miedo, a Sam sí, y mucho, sobre todo
cuando se enfurecía.

—¿Y si se entera de que nos hemos ido? —preguntó.

—Descuida. —Prune torció el gesto—. Nunca se le ocurriría venir al piso de arriba; subir escaleras le da pereza. Además, tan pronto como se levante volverá a la cocina para preparar algún potingue de cena; se ha quedado dormida con el libro de recetas abierto sobre el pecho.

—¡Santo cielo! —exclamó Sam, y Prune se rio.

—¡Lo sé! ¡Está claro que lo suyo no es cocinar! —Prune rebuscó en su bolsillo hasta sacar una magdalena algo chafada—. Toma, la he traído para ti… Papá guarda provisiones detrás del baúl del recibidor. Yo ya me he zampado tres. ¡Estaba muerta de HAMBRE!

Sam se la comió encantado.

—Gracias.

Prune pareció quedarse
satisfecha.

—Soy tu fiel compañera
y debo cuidar de ti, señor
aprendiz de caballero
—declaró, y se dirigió hacia
la puerta—. En marcha...
¡y no hagas ruido!

El aprendiz de caballero y su fiel compañera
bajaron con pies de plomo las escaleras de
la torre, y el pájaro garabato los acompañó en
silencio. El sonido regular de unos ronquidos
les dio la bienvenida al llegar al amplio pasillo.

A través de la puerta abierta
que comunicaba con la sala
de estar, Sam vio cómo su tía
Egg, despatarrada en
su butaca, apretaba contra su
abultado pecho el libro de cocina.

17

—¡Cuidado! —advirtió Prune.

Sam respondió con un gesto y pasaron, conteniendo la respiración. Tan pronto como cruzaron la puerta, echaron a correr por el largo pasillo de mármol que conducía a la cocina.

—Saldremos por la puerta de atrás —indicó Prune mientras señalaba a su izquierda, y Sam respondió levantando el pulgar.

Torcieron la esquina a toda mecha y…

¡PUM! ¡PAM! ¡CATAPLUM!

Prune, Sam, el tío Archibald y un casco oxidado se dieron un buen cacharrazo.

PERGAMINO
Y ESCUDO

Sam fue el primero en volver a ponerse de pie. Inmediatamente después lo hizo Prune.

—¡Papá! —exclamó ella—. ¿Te encuentras bien?

El tío Archibald se sentó, apretó el casco contra su pecho y miró con aire culpable a izquierda y derecha.

—Silencio —susurró—. ¡No debemos despertar a tu madre!

—Descuida, papá —lo tranquilizó Prune—. Es imposible que se haya enterado; ronca como una condenada.

Sam miraba fijamente el casco, sin disimular su admiración.

—¿Eso es un auténtico casco de caballero, tío Archibald?

Su tío afirmó con la cabeza.

—Es mío, jovencito, mío… Su historia se remonta a mucho tiempo atrás. Sería una bobada mantener en secreto una historia tan emotiva… ¡que tu tía desaprueba por completo!

—Pero ¿qué hacías con él? —quiso saber Prune.

Su padre dejó entrever cierta culpabilidad.

—Es que de vez en cuando me gusta ponérmelo. Son recuerdos, ya me entiendes. Recuerdos.

—Entonces, ¿tienes una armadura completa? —preguntó Sam, con un brillo especial en los ojos—. ¿Y una lanza? ¿Y un escudo?

—¡Por Dios, no! —se sobresaltó el tío Archibald—. Se lo entregué todo a los primos. Aquí no podía guardarlo —dijo, al tiempo que acariciaba su casco con melancolía—. Debería haberme desprendido también de esta antigualla y haberla enviado al Castillo Puddlewink.

Hay MONTONES de chatarra en Puddlewink: cascos, espadas, escudos, lanzas...

Sam se entusiasmó. Oír hablar de un castillo repleto de armaduras de caballeros era como un sueño hecho realidad.

—¿Quieres que nos ocupemos de llevarlo allí, tío Archibald?

Su tío emitió un profundo suspiro.

—Es muy amable de tu parte, jovencito, pero no va a poder ser. A tu tía no le haría ni pizca de gracia.

—¿Por qué iba a enfadarse la tía Egg? —preguntó Sam, desconcertado.

Prune le soltó un codazo.

—¡Qué tonto eres! Ya sabes lo que opina mamá sobre los caballeros y las armaduras y las nobles acciones. ¡Los odia! Según ella, debemos pensar en el futuro.

Y mamá odia mucho, mucho, MUCHÍSIMO
a la prima Dolly, porque a Dolly la salvó un
noble caballero de ser devorada por un dragón.
A pesar de que ya han pasado unos cien años
de aquello, la prima sigue recordando esa vieja
historia. Y probablemente el dragón también
la recuerde, porque de haberse zampado
a la prima, habría sufrido una TERRIBLE
indigestión. Dolly es todo huesos y pellejo.

El tío Archibald armó tal
alboroto que Sam no pudo
evitar mirarlo alarmado antes
de percatarse de que se reía
a mandíbula batiente:

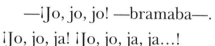

—¡Jo, jo, jo! —bramaba—.
¡Jo, jo, ja! ¡Jo, jo, ja, ja…!

—¿ARCHIE? ¿Archibald, dónde estás?
¿Por qué te ríes así?

No cabía la más mínima duda de que la voz
procedente del pasillo era la de la tía Eglantine.
La risa del tío Archibald se congeló en medio
de un «JA», y Sam resopló.

Prune tomó la iniciativa. Agarró
el casco con una mano y el brazo de Sam
con la otra.

—¡A CORRER! —exclamó.

—¡CROO! —graznó el pájaro garabato,
mostrando que estaba de acuerdo—. ¡CROO!

Sam no necesitó que se lo repitieran.
Prune y él huyeron de aquellos pasos
acechantes a toda prisa y salieron pitando
hacia la luz exterior.

—¡UF! —Sam se detuvo a coger aire—.
¡Por los pelos!

—¡Pobre papá! —exclamó Prune al tiempo
que meneaba la cabeza—. Al menos mamá
no lo va a encontrar acariciando un casco.

Sam se rio.

—Ya. Podemos esconderlo en el establo.
¡Venga! ¡Me muero de ganas de ver qué dice
esta vez el pergamino!

Bien atentos por si aparecía la tía Egg hecha
un basilisco, Sam y Prune rodearon el castillo
por detrás hasta llegar al establo. Allí encontraron
a Dora, la yegua de Sam, blanca como la nieve,
profundamente dormida. Weebles, el poni
de Prune, miraba el exterior de su box
con anhelo.

—Buen chico —le susurró Prune, palmeándole
el lomo—. Partiremos de un momento a otro.
¿Encuentras el pergamino, Sam?

Sam rebuscaba entre el heno del pesebre
de Weebles.

—¡Aquí está! —anunció al dar con él.

Prune se apoyó contra el robusto cuerpo de Weebles y Sam desenrolló con cuidado su más preciada posesión.

El pájaro garabato encontró acomodo en una viga, y desde allí contempló la escena con gran interés.

Sam leyó en voz alta:

Saludos a todo aquel que desee convertirse en un auténtico noble caballero.

Por la presente, consignamos, en estricto orden, las misiones que han de realizarse para lograrlo.

Prune chasqueó la lengua con impaciencia:

—Ve directamente a la misión de hoy.
Ese rollo ya me lo sé de memoria.

—Todavía no han aparecido las letras
—respondió Sam—. Aunque ya se empieza a notar
el calor. De hecho, está… ¡AY! —exclamó, dejando
caer el pergamino al suelo para frotarse los
dedos—. ¡Cuidado! No lo toques… ¡Está ardiendo!

Prune y Sam miraron con atención el
pergamino tirado sobre la paja, a sus pies. Un hilillo
de humo comenzó a salir del papel y lentamente
fue apareciendo un mensaje en letras doradas.

—Puedo leerlo desde aquí —comentó Prune.

Poneos en marcha y conseguid un escudo
de caballero. Debéis elegir bien; el escudo será
vuestro, y solo vuestro, pero muchas son las
opciones entre las que debatirse. Buscad aquellos
comienzos que no tengan final, y recordad que
vuestro número es el ciento once. Aunad todo

ello, añadid vuestra letra (que habrá de ser
la última) y habréis encontrado vuestro escudo.

Prune y Sam guardaban silencio, tratando
de darle un sentido a aquellas palabras. El fulgor
dorado de las letras comenzaba a desvanecerse,
atenuándose más y más.

—Hum… —murmuró Sam, y se rascó
la cabeza—. ¿Qué significa esto? A mí no me
van los acertijos.

—Parece que vuelve a estar frío —afirmó
Prune, que recogió el pergamino del suelo
y lo volvió a enrollar—. A mí tampoco se me dan
bien los acertijos, pero hay una pista que parece
evidente.

—¿De veras? —Sam la miró esperanzado,
y Prune asintió con la cabeza.

—¿Te acuerdas de que ponía:
«muchas son las opciones entre las que
debatirse»? ¡Está tirado!

—Esa parte tampoco la
he entendido —comentó Sam,

que observaba cómo Prune volvía a dejar
el pergamino en su escondrijo—. A no ser
que signifique que hay montones de escudos.

   Prune resopló.

   —¡Pues claro! Y resulta que nosotros sabemos
dónde encontrar montones de escudos, ¿no?
¡Lo único que tenemos que hacer es ir allí
y buscar el tuyo!

SAPOS QUE TE
GUIÑAN EL OJO

El cerebro de Sam echaba humo. ¿Que él
sabía dónde encontrar montones de escudos?
No se le ocurría a qué lugar se refería Prune,
y ella no soltaba prenda. Todo cuanto hacía
su prima era guiar a Weebles fuera de la cuadra
e ignorar deliberadamente a Sam, que se rascó
la cabeza de nuevo y miró hacia arriba, al pájaro
garabato.

—¿Tú lo sabes, Dandy? —susurró.

El pájaro garabato se inclinó
hacia él.

—¡CROO!

—¡SÍ!
—Sam le dedicó
a Dandy una sonrisa
agradecida y anunció—:
¡Al Castillo Puddlewink!

—¡Guau! —Prune bufó con exageración—. Veo que te FUNCIONA el cerebro. Estaba empezando a preocuparme... Puddlewink es el castillo de la prima Dolly. Siempre he querido ir. Papá me llevó una vez cuando era pequeña ¡y era magnífico!, pero, cada vez que saco el tema, mamá se inventa excusas para no darme permiso y, la verdad, no me apetecía ir sola. ¡Date prisa y prepara a Dora!

Mientras Sam ensillaba y embridaba su gran yegua blanca, no dejó de pensar en el pergamino, y trató de recordar cada frase impresa en el papel.

—Ya me gustaría a mí que las misiones fueran más comprensibles —rezongó, mientras Dora y él alcanzaban a Weebles y Prune en el patio de las caballerizas—. Un «comienzo que no tenga final». ¡No tiene sentido!

—A lo mejor ahí está la clave —sugirió Prune—. Me refiero a que quizá descifrar los enigmas forme parte de tu entrenamiento para convertirte en caballero.

—Puede que tengas razón —concedió Sam.

Conforme abandonaban el patio, el joven no dejaba de mirar a su alrededor, temiendo ver salir, en cualquier momento, a una encolerizada tía Egg.

—¿Queda muy lejos Puddlewink? ¿Estaremos de vuelta antes de que tu madre se dé cuenta de que nos hemos ido?

Prune lo miró y negó con la cabeza.

—Francamente, Sam: ¡eres un AGONÍAS!
El castillo no está muy lejos; bueno…, si nos
ponemos en marcha de una vez. Mamá
se pasará horas y horas cortando repollos,
cebollas y otras verduras. Con tal de que
estemos de vuelta a la hora de la cena,
no se enterará de nuestra ausencia.

—Está bien —concluyó Sam. Y suspiró
aliviado tan pronto como dejaron atrás
las inmediaciones del castillo.

Sospechaba que Prune se sentía igual que él,
porque había comenzado a canturrear. Weebles
y Dora empezaron a trotar alegremente. Incluso
al pájaro garabato le dio por entonar una canción.

—¡CROO! —cantaba—. ¡CROO! ¡CROO!
¡CROO!

Prune tenía razón: el Castillo Puddlewink no quedaba lejos. En poco más de una hora a paso ligero llegaron a un camino privado, un poco descuidado, flanqueado por árboles. En la entrada se encontraron dos grandes columnas a ambos extremos de un portalón oxidado y medio destartalado. Sobre cada una de ellas, un sapo feísimo se sostenía sobre una sola pata.

Ambos anfibios guiñaban un ojo con cierta malicia, un gesto que a Sam le trajo a la memoria los desafortunados retratos de sus padres que colgaban sobre su cama.

Prune, al advertir que Sam no perdía de vista a las estatuas, le explicó:

—El sapo que guiña el ojo. Según me contó mi padre, eso es lo que significa Puddlewink, el nombre del castillo.

—Mmm... —murmuró Sam—. No parecen muy amistosos.

Prune se echó a reír.

—Es adrede. Fue Backstepper, mi *tataratatarabuelo,* quien los colocó ahí arriba. Tenía fama de odiar a todo el mundo. Ahora no hay de qué preocuparse:

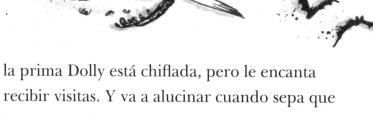

la prima Dolly está chiflada, pero le encanta recibir visitas. Y va a alucinar cuando sepa que le traemos algo para su colección —comentó Prune, y palmeó el oxidado casco del tío Archibald.

Sam tomó aire. Prune y él estaban llevando a cabo una buena acción. De hecho, dos buenas acciones: habían librado al tío Archibald de la tía Egg y ahora se disponían a alegrarle el día a una anciana. Pero el pergamino les había dicho que debían conseguir un escudo. ¿Bastaría con aquellas buenas obras para obtenerlo? No estaba seguro.

—¡Cuidado con los murciélagos! —le advirtió Prune cuando se internaron por un intrincado camino repleto de socavones—. Están adiestrados para…

—¡AY! —Sam pegó un salto al notar cómo un pequeño murciélago, salido de quién sabe dónde, pasaba junto a él y le golpeaba en pleno rostro con sus acartonadas alas—. ¡Eso duele! —exclamó, mientras trataba de espantar al animal. Pero después de ese murciélago, llegó otro, y otro más.

El pájaro garabato acudió en su ayuda y revoloteó tras los murciélagos profiriendo fieros graznidos.

—Gracias, Dandy. —Sam agradeció su gesto y después quiso comprobar si Prune se encontraba bien. Vio cómo agitaba los brazos y murmuraba algo.

—¿Qué haces? —le preguntó.

—¡Chis! —ordenó Prune—. Trato de recordar las palabras. Papá dijo algo que nos sirvió para ahuyentarlos... ¡AY!

Ahora era Prune el objetivo de los murciélagos.

—¡FUERA, dejadme, monstruitos! —gritó—. ¡Soy la princesa Prunella, este de aquí es Sam J. Butterbiggins y nuestra PRIMA es la honorable Dollianna Backstepper!

Los murciélagos chillaron para comunicarse entre sí y empezaron a volar en círculos sobre la cabeza de Prune.

De pronto, a Sam, que no perdía detalle de la escena, se le ocurrió una idea:

—¡Enséñales el casco!

Prune lo hizo, y entonces los murciélagos volaron una última vez alrededor de su cabeza, chirriaron en señal de aprobación y ahuecaron el ala.

—Bien pensado, Sam —le dijo Prune—. Qué antipáticos, ¿no?

—Sí —respondió Sam sin prestar demasiada atención a su prima.

Tras dejar atrás una curva pronunciada del sendero, el castillo apareció ante ellos. Cuatro esbeltas torres se perfilaban contra el cielo, y en sus almenas ondeaban unas harapientas banderas; también se fijaron en que había una

veleta en lo alto de cada torreón. Los cristales de
las ventanas estaban rotos y llenos de telarañas,
y la hiedra trepaba por sus muros hasta arriba.

—¿Es ahí adonde vamos? —preguntó Sam.

44

—No es ni la mitad de malo de lo que parece —Prune, con la mano en alto, saludó al castillo—. La prima Dolly vive en el piso de abajo, que resulta bastante acogedor. Solo sus padres, los tíos, viven en la parte superior, con los murciélagos.

—¿Los tíos? —se sorprendió Sam—. No me habías dicho nada de que hubiera tíos.

—En realidad son tíos abuelos —explicó Prune—. Son trillizos, y deben de tener unos ciento cincuenta años. El tío Rodney, el tío Lionel y el tío Adolphus.

—¡Ah! —La atención de Sam volvía a centrarse en otras cuestiones.

El camino los condujo hasta un puente levadizo que el joven inspeccionó con cierta reserva.

—¿Crees que será seguro? Le faltan muchísimas tablas.

—¡Ya lo creo! —confirmó Prune—. El agua está tan turbia que parece un lodazal. Quizá deberíamos dejar aquí a Weebles y a Dora y seguir a pie. Tienen hierba por todas partes… Estarán bien.

El pájaro garabato descendió hasta posarse en el hombro de Sam.

—¡CROO!

Sam asintió al tiempo que se apeaba de la grupa de Dora.

—Dandy dice que se quedará aquí para vigilarlos. Si lo necesitamos, solo tenemos que silbar —comentó Sam, acariciando el cuello de Dora—. Buena chica. Espérame aquí.

La gran yegua blanca también dio su consentimiento y se dirigió con pasos lentos hacia una zona en la que la hierba crecía verde y vigorosa. El pájaro garabato se instaló en una rama y desde allí contempló cómo Weebles se acercaba al trote a su compañera.

Sam y Prune se encaminaron hacia el puente levadizo.

El acceso principal al Castillo Puddlewink estaba al otro lado del puente. Una gran reja de hierro forjado, adornada con multitud de motivos, protegía el portón de madera. A pesar de la distancia, Sam consiguió ver que la puerta estaba atrancada con una piedra.

—Veamos… —Sam, con gran cautela, posó un pie sobre la primera tabla.

—¡OH, NO!

El viejo tablón de madera se resquebrajó, y el agua sucia del foso engulló la polvareda. Mientras Sam y Prune observaban aterrorizados la escena, un par de feroces mandíbulas de dientes afilados emergieron y entrechocaron en el aire, entretanto se escuchó una voz gruñir:

—¡HAMBRE! ¡HAMBRE!

—¿Qué es ESO? —preguntó Prune—. ¿Lo reconoces?

Sam negó con un leve movimiento de cabeza.

—Ni idea. Pero no quiero convertirme en su cena…

—Ni yo —le confirmó Prune—. ¿Y ahora, cómo demonios vamos a entrar en el castillo?

SIN TON NI SON

—¡Eooooo! —sonó
una voz del todo
diferente. Procedía de
un ventanal situado
sobre la puerta
principal—. ¿Quién
anda ahí? ¿Eres mi
querida Prunella?
¿Ya tan mayor? ¡Ay, qué alegría verte! Pero
no intentes cruzar ese destartalado y estúpido
puente. Dennis aún no se ha tomado su té
y a veces se pone un poco irascible.

—¡Prima Dolly! —Prune la saludó
agitando su casco en el aire—. ¡Hola! ¡Te
hemos traído un casco! Era de papá, pero
ya no le hace falta. ¿Cómo vamos a llegar
hasta ahí si no podemos atravesar el foso?

—Dad la vuelta y entrad por detrás —les indicó la prima Dolly, y les señaló un sendero lejos del foso—. Es mucho más fácil y Dennis no llega hasta ahí. ¡Mira que es TRAVIESO! Sin ir más lejos, la semana pasada se zampó el saco del cartero con toda la correspondencia. ¿Quién es tu amigo, querida?

Prune empujó a Sam para que diera un paso al frente.

—Es Sam J. Butterbiggins, aprendiz de caballero. Yo soy su fiel compañera, prima Dolly, y estamos buscando un escudo.

—¡Fantástico, qué maravilla! —la prima Dolly se expresó con especial entusiasmo—. DAOS PRISA, queridos. Veremos qué somos capaces de encontrar. Tengo infinidad de ellos; podréis elegir. Pero primero tomaréis el té, por supuesto. Voy a poner ya mismo la tetera al fuego… —Y se cerró la ventana.

—Vamos, Sam —dijo Prune—. Busquemos la entrada trasera… —Prune se detuvo y examinó el rostro del aprendiz de caballero—. ¿Qué pasa?

Sam se frotó el cogote.

—Me preguntaba… ¿Crees que hemos hecho bien al contarle que estamos buscando un escudo?

—Claro que sí —se revolvió Prune—. No íbamos a entrar así, sin más. ¡Sería descortés!

—Pero no creo que la misión consista en que tu prima nos dé un escudo como si tal cosa. Estoy convencido de que debemos ganárnoslo. —Sam expresaba sus temores con cierta dificultad—. Eso es lo que ponía en el pergamino. Y, además, necesitamos el escudo correcto. Todo el rollo ese del ciento once, de comienzos que no tienen final…

—No seas tan tiquismiquis —atajó Prune alegremente, y le tomó la delantera por el sendero que rodeaba el foso y el castillo.

Sam dejó escapar un suspiro y caminó tras
ella. Para su desasosiego, Dennis los acompañó
a nado, y a cada poco abría sus enormes
mandíbulas y gruñía: «¡HAMBRE!», para
recordar a Sam y al mundo entero que todavía
no se había tomado su té.

Fue un verdadero alivio para Sam ver
por fin un puente de sólidos cimientos cuyas
arcadas permitían atravesar el foso y conducirlos
directamente a la puerta trasera del castillo.
Prune y él lo cruzaron a toda prisa, mientras
Dennis, desde abajo, gruñía en señal de
desaprobación.

—¡Eooooo! ¡Prima Dolly! ¡Estamos aquí!
—exclamó Prune al entrar en una cocina
amplia y caótica.

Libros, papeles, cacerolas, sartenes y platos
se apilaban sin ton ni son junto a las paredes,
y un enorme aparador galés crujía a consecuencia
de los innumerables objetos acumulados en cada
estante. Una bufanda a medio tejer envolvía
un orinal de bebé, un vaso largo de cristal
contenía una dentadura postiza que parecía
reír entre tarros de mermelada empezados,
varias botellas poco apetecibles de vino afrutado
descansaban dentro de un sombrero de copa
vuelto del revés y cajas y más cajas de hierbas,

especias y condimentos mantenían un precario equilibrio entre cientos de latas oxidadas y resquebrajadas teteras de porcelana. Un par de canarios entonaban alegres melodías en una barra decorada con cintas descoloridas y cordeles que colgaba del techo. Detrás de la pareja de aves, una tetera de acero, de una apariencia incluso más antigua que el propio castillo, dejaba escapar nubes de vapor.

La prima Dolly había estado ocupada. El estómago de Sam rugió al ver la gran mesa de madera llena de bandejas con pastel de frutas, bizcocho, tarta de café y de chocolate, cuencos de gelatina roja, verde y naranja y bandejas y más bandejas con emparedados, panecillos azucarados y bollos.

Se oyó un ruido de platos y Dolly salió repentinamente de la despensa.

—¡Queridos, por fin habéis llegado! Ya me estaba empezando a preocupar por si el travieso de Dennis os había hincado el diente. RECORDADME que le dé de comer antes

de que os vayáis. Cuando tiene mucha, pero MUCHA hambre, es capaz de escalar hasta lograr salir del foso, y me las veo y me las deseo para conseguir que regrese a su sitio, porque sus pobres garritas se contraen y hay que llevarlo a cuestas hasta el agua.

El mero hecho de imaginarse a Dennis trepando para salir del foso casi provocó que Sam perdiera el apetito.

—Te lo recordaré —contestó—.
PROMETIDO.

—Gracias, querido —la prima
Dolly esbozó una sonrisa—. ¡Qué
ricura de chico! —Y a continuación se dirigió
a Prune—: ¡Vaya, no me digas que no es
una adquisición estupenda para mi colección!
—Se apropió del desvencijado casco del tío
Archibald y lo colgó en la pared.

—¡Guau! —Prune miraba todos los objetos
expuestos sobre la mesa—. ¡Qué maravilla!

Su prima acercó un par de sillas.

—Tomad asiento, serviré el té. Cuando
hayáis acabado, podréis subirles un trozo
de tarta a los tíos, y así aprovecháis para echar
un vistazo a los escudos que hay de camino.
Si no dais con lo que buscáis, podéis preguntarle
al tío Rodney... Él lo sabe TODO sobre
nuestros escudos. Eso sí: aseguraos de
preguntárselo ANTES de que se tome la tarta.
En cuanto come, se queda dormido
de inmediato.

Sam y Prune asintieron con un movimiento de cabeza y se centraron en el generoso refrigerio de té y productos varios que tenían delante de sus narices.

—¿Esperabas muchos invitados hoy? —preguntó Sam mientras se servía un buen pedazo de tarta de chocolate—. ¡Aquí hay para dar de comer a un regimiento!

La prima Dolly ladeó la cabeza y anunció:

—Yo siempre digo: ¡nunca se sabe quién puede aparecer por la puerta, así que más vale estar preparado!

Sam no supo qué contestar. Para entonces, batallaba con su primer bocado. La tarta estaba

dura como una piedra, y sospechaba que no era solo porque fuese de días atrás..., ¡era de otra época!, ¡de un tiempo remoto!

A su vez, Prune se las veía y se las deseaba para tragar uno de los panecillos azucarados.

—Prima Dolly, ¿esto de cuándo es?

La prima Dolly rio alegremente.

—¿Quién sabe, querida? A lo mejor del año pasado... Quizá de antes... Puede que lo preparara mi abuela... A decir verdad, no lo recuerdo. Yo lo guardo todo, como ves. No soporto tirar nada cuando todavía sirve. Prueba esa otra tarta de ahí, la de café. Esa sí que está RECIÉN horneada.

Prune y Sam siguieron su consejo, y comprobaron que llevaba razón. Era cierto que la tarta resultaba comestible; no obstante, no estaba —ni mucho menos— recién salida del horno.

—Deliciosa —mintió Sam, al tiempo que intentaba que las últimas migajas resecas pasaran por su gaznate con la ayuda de un trago de té—. Pero llena MUCHO; ya estoy saciado, gracias.

—Y yo —se excusó Prune—. Prima Dolly, ¿te parece bien si vamos ahora a ver esos escudos?

La prima Dolly pareció decepcionada.

—¡Queridos, pero si no habéis tocado las gelatinas! ¿No vais a probar ni una cucharadita de estas *delicatessen*? A Dennis le encanta la gelatina. Es MUY goloso, pero yo apenas le permito que la coma; los invitados primero, ¿no?

Sam no quiso parecer maleducado.

—Tal vez luego —sugirió—. Tiene una pinta muy… pues… muy colorida.

Prune, que rara vez perdía el tiempo con cuestiones de cortesía, ya se había puesto en pie.

—Vamos, Sam. Volvemos en un periquete, prima Dolly.

—¡No os olvidéis de los tíos, querida!

La prima Dolly asió un cuchillo grande, no sin dificultad, y cortó tres trozos de tarta, que colocó sobre una bandeja de plata junto con tres polvorientos pasteles de mermelada, tres salchichas resecas y tres cuencos de natillas de aspecto repugnante. A continuación, le ofreció la bandeja a Sam.

—Querido, recuérdales que se pongan la dentadura antes de comer. Y no tardes, debes volver enseguida para tomarte tu sensacional té.

—Claro —aseguró Sam, que siguió a Prune bajo la arcada parcialmente derruida que comunicaba la cocina con el vestíbulo principal.

LA MÚSICA
DE LOS TÍOS

—¡GUAU! —Sam se giraba, miraba aquí
y allá para no perderse nada.

Las paredes estaban repletas de escudos,
espadas, cascos y todo tipo de piezas de distintas
armaduras. Algunos objetos se veían tan
desvencijados que parecía un milagro que no
se hubieran deshecho; en cambio, otros brillaban
y resplandecían.

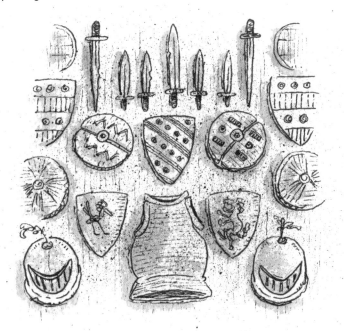

—Aquí, el viejo casco de papá lucirá en todo su esplendor —afirmó Prune mientras señalaba las paredes—. Y ahora, dime, ¿ves algún escudo sobre el que haya grabados unos números?

Sam negó con la cabeza.

—¡Uf! ¡Hay MUCHÍSIMOS! ¡Nos va a llevar una eternidad examinarlos todos! —exclamó.

—¡Tonterías! —apuntó Prune—. Solo nos hace falta un plan. Tú ocúpate de los de la izquierda y yo de los de la derecha... ¿Quééé? Menuda cara de besugo has puesto. ¿Se te ocurre una idea mejor?

—¿No podríamos llevarles primero el té a tus tíos? —preguntó Sam. Comenzaban a dolerle los brazos de soportar la pesada bandeja de plata y tampoco resultaba nada sencillo mantener el equilibrio de su carga a la vez que observaba los escudos—. Después, cuando bajemos, podemos examinarlos como es debido.

Esperaba que Prune lo acusara de blandengue, pero, tras pensarlo un momento, su prima se mostró de acuerdo y asintió:

—Está bien. Así aprovecharemos para preguntarles qué creen ellos que deberíamos buscar. Papá dice que los tíos fueron caballeros hará unos cien años.

—¿De verdad? —De pronto, Sam se sintió reconfortado.

Por más que los tíos fueran unos ancianos, seguro que guardaban unas estupendas y caballerescas historias que contar. El chico sujetó la bandeja con mayor firmeza y se dirigió a las escaleras, al fondo del pasillo.

Prune, en un primer momento, no lo siguió, se quedó allí, con las manos cruzadas a la espalda, mirando hacia arriba.

Cuando Sam alcanzó el primer tramo de escaleras, se giró para ver qué hacía su prima.

—¿Vienes? —le preguntó.

—A lo mejor soy incluso más lista de lo que pensaba… —sentenció Prune con calma—. De hecho, cabe la posibilidad de que sea una *genia*.

67

—¿En serio? —cuestionó Sam
con un resoplido.

Prune no se dio cuenta de su bufido.

—Echa un vistazo a esa fila de escudos…,
los de arriba. ¿Qué tienen en común?

Sam retrocedió un par de
escalones entre suspiros, regresó
al vestíbulo y alzó la mirada.

—Los círculos —contestó.

—¡Exacto! —asintió
Prune—. ¿Y cómo se
dibuja un círculo?

—Con un lápiz
—probó suerte Sam.

Su prima frunció el ceño.

—No, estúpido. ¡Piensa
un poco! ¿Qué es lo que hay que
HACER? Empiezas dibujando una curva
hasta que unes sus extremos y formas
un círculo; de modo que… ¡no hay un
final! ¡Un círculo da vueltas y vueltas
y VUELTAS!

Sam tardó en comprender adónde quería llegar, pero poco a poco se fue esbozando una sonrisa en su rostro.

—Entonces, mi escudo tiene círculos, ¿verdad?

—Círculos... o lunares —apuntó Prune.

—¡Vaya! ¡Pues SÍ que eres una *genia*!

Si Sam no llega a estar sosteniendo la bandeja, le habría dado una palmadita amistosa, pero con las manos ocupadas, solo pudo sonreír; si bien ese gesto fue suficiente. Prune, regocijándose de su propia brillantez, le correspondió con otra sonrisa.

—Ahora todo será mucho, MUCHÍSIMO más fácil —comentó—. Podemos excluir los escudos con dibujos de aves exóticas y animales en general y concentrarnos en los lunares y círculos. No me digas que no tienes suerte con una fiel compañera tan inteligente como yo, ¿eh? —Prune hizo una pausa a la espera de nuevos elogios, pero no hubo tal cosa—. ¿Sam? ¡SAM! ¿Me estás escuchando?

Ahora le tocaba a Sam echar un vistazo
a los escudos. Estaba claro que los círculos y los
lunares eran elementos populares, muchísimo.
Cierto que en algunos escudos solo había
animales, pero la mayoría contaba
con lunares o círculos por algún
sitio. Es más, Sam empezaba
a preguntarse si el plan de
Prune resultaría tan útil
como ella creía.
«¡Si hay en casi
todos! —pensó—.
Ya podían haber sido
rayas. De esos apenas
hay». Suspiró y
volvió a las escaleras,
preguntándose
si alguna vez
lograría encontrar
su escudo.
—Espero que los tíos puedan echarnos
una mano, o nos llevará días y días y DÍAS…

Prune ni se movía. Contemplaba impertérrita las distintas piezas de la armadura, regodeándose en su hallazgo.

—¡Venga! —para llamarla, Sam dio media vuelta—. Se me van a caer los brazos.

Prune hizo una mueca.

—Será celoso… —murmuró al echar a andar con paso firme hacia él—. Ya le gustaría ser tan listo como yo.

Las escaleras eran pronunciadas y sinuosas, y el hueco por el que discurrían se volvía cada vez más estrecho. Apenas había ventanas, conforme avanzaba le resultaba más complicado ver, las telas de araña le rozaban la cara, haciéndole estornudar. A cada poco, un súbito chirrido, acompañado de un fugaz repiqueteo, le hacía preguntarse si estaría molestando a una camada de ratas.

«Un aprendiz de caballero NO deja que unas ratas

lo asusten», se dijo. Agarró con fuerza la bandeja y prosiguió con paso titubeante.

Prune, unos cuantos peldaños por detrás de él, seguía complaciéndose en su extrema brillantez.

—¿Que sería de Sam sin mí? Soy la mejor fiel compañera que haya existido...

¡AAAAAAAAAGH!

Una rata enorme bajaba las escaleras en su dirección. El grito de Prune asustó tanto al animal que este dio media vuelta y salió disparado hacia su lugar de origen, pero se enredó entre los pies de Sam.

Sam, la bandeja y todo su contenido acabaron en el suelo, y tartas de todos los gustos rodaron escaleras abajo.

—¡Oh, NO! —exclamó Sam, a cuatro patas
en el suelo.

Prune, sin quitarle el ojo de encima a la rata,
fue recogiendo la comida a medida que subía
la escalera y se acercaba a él.

—Los pasteles de mermelada y las salchichas
están perfectos —comentó la joven—, pero
solo veo dos trozos de tarta de chocolate y no
encuentro las natillas por ningún lado.

—Aquí están —dijo Sam—. Las he pisado, pero estaban tan duras que ni se nota. ¿Por qué gritabas? ¿Qué pasa?

Prune no quería confesar que le daban miedo las ratas, y quería evitar a toda costa admitir la culpa de que a Sam se le hubiera caído la bandeja.

—Pues... mmm... estaba ejercitando la voz. Por si me hace falta gritar en algún momento.

Sam parecía sorprendido.

—Creí que habías visto una rata... Están por todas partes —se estremeció—. ¡Las odio!

Prune se sintió culpable, pero se las arregló con bastante facilidad para hacer oídos sordos a su yo amable y volver a las andadas.

—Menos mal que me tienes para cuidarte. ¡En marcha! Hay una luz ahí arriba y se escucha música... ¡Deben de ser los tíos!

BLA, BLA, BLA

Llamar «música» al ruido que procedía de arriba era mucho decir. A Sam le retumbaban los oídos; estaba claro que era el sonido de una trompeta, y a medida que ascendía los peldaños de piedra reconoció el «cling, cling, cling» de un triángulo... Pero había un tercer sonido que no conseguía reconocer...

—¿Qué es lo que produce ese «uuuf, uuuf»? —le preguntó a Prune—. ¡Hace que me duelan los tímpanos!

Cualquiera que hubiera escuchado tocar la gaita a Prune alguna vez desearía no tener que volver a hacerlo nunca más. Ella miró a Sam y sonrió:

—¡Es el *trihelicón* del tío Lionel! ¿No te parece maravilloso?

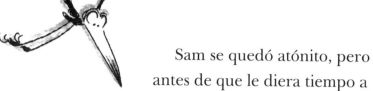

Sam se quedó atónito, pero antes de que le diera tiempo a abrir la boca, Prune se colocó de un salto frente a él y tiró de la trampilla de madera situada en lo alto de las escaleras hasta lograr abrirla. El ruido se volvió el doble de intenso; si Sam no hubiera tenido que sujetar la bandeja, se habría tapado los oídos con las manos. Por suerte,

su llegada distrajo a los músicos y el silencio se impuso.

—¡Hola, tíos abuelos! —saludó Prune—. Soy yo, ¡Prunella! Y este es Sam J. Butterbiggins, aprendiz de caballero. Yo soy su fiel compañera: me encargo de cuidarlo, de que no lo asusten las ratas y cosas por el estilo. La prima Dolly nos envía a traeros el té y, además, nos gustaría haceros algunas preguntas sobre los escudos.

Sam hizo equilibrios para colocar la bandeja sobre una pila de libros, y acto seguido estiró sus doloridos brazos.

—Buenas tardes —saludó con educación.

El tío más alto dejó su triángulo.

—¿Tachín? ¿Tachán? —su voz sonaba débil y temblorosa—. Tachín, tachán, tachún… ¡BUM! —puso énfasis en el «¡BUM!» final, que acompañó de un «¡CLING!» de su triángulo. Sam claudicó.

A continuación, el joven miró al siguiente tío, pero para entonces el trompetista ya se afanaba en inspeccionar salchichas y pasteles. O bien directamente ignoraba a Prune, o bien, opción por la que se inclinaba Sam, estaba aún más sordo que su hermano.

El tío Lionel, que era pequeño y redondo como una pelota, estaba tratando de liberarse de las serpenteantes espirales de su *trihelicón*. Cuando por fin logró desenmarañarse, se sonó con fuerza la nariz antes de dedicar una sonrisa sin dientes a Sam y a Prune.

—Estos dos están sordos como tapias. No sirve de nada dirigirles la palabra. Daría lo mismo que tratarais de comunicaros con la trompeta —aseguró, deteniéndose a tomar resuello—. ¡Ufffff! El *trihelicón* lo deja a uno extenuado. ¿Qué queréis? ¿Que hablemos de escudos?

—Sí, por favor —rogó Sam—. Estamos... buscando uno en particular, pero no sabemos cómo es.

—Tiene dibujados lunares o círculos —apuntó Prune—. Eso sí lo sabemos. Un comienzo que no tiene final, he ahí un círculo, ¿no es cierto? O un lunar. Basta dibujar una línea y…

—¡¿CÍRCULOS?! —exclamó el tío Lionel, lo cual hizo sobresaltarse a Sam y a Prune—. ¡Círculos no, niña! ¡Chitón! ¡Nunca más los vuelvas a llamar así! ¡Ni lunares! Roeles, eso son: roeles. Y tú dices ser hija de Archie… Y él se las da de noble caballero… ¡Un pimiento!

El tío más alto hizo sonar su triángulo.

«Círculo y círculo.
Y venga un zigzag.
Y uno y uno y uno.
No hay que parar.
¡Diversión!».

—¡Calla, Rodney! —ordenó el tío Lionel, y después movió la cabeza apesadumbrado—. El pobre y viejo Rodders… Está sobreexcitado. Conocía al dedillo cada escudo del país.

¡Y del extranjero! Ahora solo tiene pájaros en la cabeza. Desvaría.

—En el escudo que busca Sam no hay ningún pájaro —aclaró Prune—. Aunque tiene que haber un número, y una letra. ¿Cómo era, Sam? Una letra que «habrá de ser la última», signifique eso lo que signifique.

El tío Lionel la miró con un gesto de reprobación:

—En heráldica no existe nada semejante a un número. Ni a una letra. Es impropio. ¡Absolutamente impropio!

—¡Oh! —Prune miró desilusionada a Sam—. ¿Has oído eso? ¿Y ahora qué hacemos? ¿Sam? ¡SAM!

Sam se había quedado pasmado mirando al tío Rodney. Prune le propinó un codazo a su primo, este tragó saliva y se dirigió a Rodney:

—Por favor, ¿podría volver a cantar esa canción?

—Bla, bla, bla —dijo con amabilidad el tío Rodney—. ¿Bla, bla, bla?

—¡CANTA, RODDERS!

Estaba claro que tocar el *trihelicón* le había dado al tío Lionel una increíble capacidad pulmonar, y Rodney se animó:

> *«Círculo y círculo.*
> *Y venga un zigzag.*
> *Y uno y uno y uno.*
> *No hay que parar.*
> *¡Diversión!».*

—¡Eso es! —exclamó Sam—. Uno y uno y uno escritos juntos hacen ciento once, y zigzag es la forma de escribir una «Z»… ¡y la zeta es la última letra del abecedario! ¡ESO es lo que pone en mi escudo! ¡Un círculo, una «Z», y uno, uno y uno!

Prune suspiró.

—¡Déjate de estupideces! El tío Lionel acaba de decirnos que los escudos en heráldica no tienen números.

—¡Pero sí rayas! —Sam estaba rojo de contento—. ¡Lo he visto en los escudos del pasillo! Algunos tenían una raya, otros dos…

¡y otros tres! —Se giró hacia el tío Lionel—.
A eso se refería el tío, ¿verdad? Un escudo
con… ¿cómo has dicho que era? Ah, sí: ¡un roel,
un zigzag y tres rayas!

Lionel acarició su afilada mandíbula.

—No lo había entendido a la primera, pero
tienes razón. Ese viejo cabeza de chorlito debe
de haberlo visto. De no ser así, no cantaría
una canción como esa.

Sam estaba entusiasmado.

—Entonces, ¿está por aquí? ¿En esta
habitación?

El tío Lionel se encogió de hombros.

—Tiene que estarlo; nunca vamos a ningún
otro sitio. Y bien, ¿qué nos habéis traído para

acompañar el té? Tarta de chocolate, ¿eh?
Parece que tiene un poco de polvo… Se os
ha caído por el camino, ¿a que sí?

—Lo siento mucho —se disculpó Sam,
pero Lionel se rio.

—Las tartas de Dolly son más viejas que
Matusalén. Aunque, ¡qué más da!, siguen siendo
sabrosas. ¡Venga, camaradas! ¡Al ataque!
—Sacó de su bolsillo una dentadura postiza
con unos relucientes dientes blancos, se la ajustó
y se puso a comer.

Sus hermanos se unieron a Lionel
sin hacer ni caso a las visitas.

Sam y Prune se miraron.

—¿Qué hacemos? —susurró Sam.

—¡Pues, evidentemente, encontrar el escudo, tonto! —Prune le contestó con otro susurro, y ambos comenzaron a rebuscar por toda la habitación.

Había escudos colgados de las paredes, pero muchos más por el suelo. Los habían utilizado como macetero, para calzar una mesa de tres patas, como cesto de calcetines sucios o para conservar unos anteojos rotos. El aprendiz de caballero y su fiel compañera revisaron todos y cada uno de ellos; sin embargo, tras una hora de intensa inspección, quedó claro

que había sido en balde. El escudo de círculos, zigzagueante y rayado no estaba allí.

—Alguien tiene que habérselo llevado —comentó Sam.

—Solo hay una persona que haya podido hacerlo, y esa es la prima Dolly —apuntó Prune—. Tiene que estar abajo. ¡Venga! ¡Vayamos a preguntarle!

DENNIS TIENE
HAMBRE

Sam estaba tan nervioso que hasta le costaba respirar cuando bajaron a toda prisa las sinuosas escaleras de piedra. Pasaron como una exhalación por el enorme vestíbulo, cruzaron de un salto la arcada derruida y llegaron jadeantes a la cocina. Allí se encontraron con la prima Dolly, subida a la mesa. Las tartas, los emparedados, las gelatinas y los bizcochos habían desaparecido; solo quedaban algunos restos en los platos, junto con el azucarero, el salero y la pimienta.

—Pero ¿qué…? —comenzó a decir Prune, antes de que la interrumpieran.

—¡Hambre! ¡Hambre!

¡HAMBRE!

Dennis se hallaba en el umbral de la puerta con las fauces abiertas de par en par. Los restos de tarta esparcidos por el suelo y las manchas de chocolate sobre sus escamosas mejillas dejaban bien claro por qué los platos estaban vacíos, y sin embargo era obvio que aquel ser aún no estaba saciado, ni mucho menos. Tan pronto como vio a Sam y a Prune, sus ojillos negros chisporrotearon y volvió a adentrarse en la cocina.

—¡HAMBRE!

—Os recomiendo que os subáis
a la mesa, queridos —sugirió
la prima Dolly; aunque
no hizo falta, porque para
entonces Prune y Sam
ya se habían encaramado a ella. Un vistazo
a los dientes de Dennis había bastado para que
se pusieran a salvo.

—Yo no sé qué le ha dado —se lamentó
la prima Dolly, entre suspiros—. Normalmente
es adorable. Debía de tener un hambre enorme,
grandísima, atroz… ¡Mirad! ¡Lo ha devorado
todo! Y ahora quiere más, pero ya no queda
nada. Es culpa mía. Tenía intención de darle
de comer, incluso le había buscado un plato
nuevo…, pero no había encontrado el momento
oportuno. ¡Y miradlo ahora!

Sam posó su mirada en Dennis. De hecho,
clavó su mirada en Dennis, que era lo más
parecido a un dragón que había visto en su vida,
y se preguntó si alguien sería tan valiente como
para enfrentarse a un dragón de tamaño real.

«Eso es lo que hacen los auténticos caballeros —se dijo— y yo voy a ser un noble caballero. Es decir, lo seré en cuanto haya realizado con éxito todas las misiones que se me encomienden. Pero aquí estoy ahora…, y hacer que Dennis vuelva a su foso sería sin duda una muy buena acción. Y yo necesito llevar a cabo muy buenas acciones. Pero ¿cómo?».

Prune también tenía la mirada fija en Dennis, que ahora se afanaba en lamer las sobras del suelo con su larga lengua verde.

—¿Sabe escalar? —preguntó la joven.

La prima Dolly se desternilló.

—¿Escalar? ¡QUÉ DICES, querida! ¿Por qué piensas eso? Aquí arriba estás más que segura.

—Pues fue capaz de escalar por el foso… —señaló Prune.

Dennis la miró, y entonces Prune se apartó del borde de la mesa. Al hacerlo, dio un puntapié al salero, Sam estiró una mano para agarrarlo… y… se quedó como suspendido.

—¡SAL! —exclamó.

—Así es, querido —concordó la prima Dolly—. Azúcar, sal y pimienta. Siempre a disposición de mis adorables invitados. Lógicamente, a mi comida nunca se necesita añadirle nada, pero aun así considero que ofrecérselos es un gesto de cortesía.

—Sal —repitió Sam, y recuperó la visión del saladísimo guiso de la tía Egg. Después de probarlo, no había dejado de tener sed; incluso solo con imaginarlo la sentía. Y se le ocurrió una idea…, una BUENA idea…, o al menos esperaba que lo fuera.

Tomó el azucarero y lo volcó por el extremo de la mesa.

—¡Aquí, Dennis! ¡Aquí, chico! ¡Rico, rico!

A medida que Dennis se acercaba, Sam fue
dejando caer más azúcar en el suelo. Primero,
Dennis lo probó con cautela, pero no tardó
en lamerlo sin mesura.

—¡Querido! —protestó la prima Dolly—.
¡Eso es MUY malo para sus dientecitos!
¡Por favor, no le des más!

Sam no respondió. Estaba muy ocupado
mezclando sal con el azúcar y derramándolos sin
que Dennis se diese cuenta. Después de ingerir
la mezcla, se sentó, sumido en un estado
de desconcierto, y se relamió
los labios una y otra vez
hasta que protestó:

—¡SED! ¡SED!

Sam le indicó
la puerta trasera.

—El foso tiene
un montón de agua,
Dennis. ¡Un agua
refrescante!

—¡SED!

Dennis sacudió su cabezota.

—¡SED!

Y con un contoneo de su enorme cuerpo, se dirigió a trompicones hacia la puerta.

Instantes después se escuchó un potente «¡CHOF!», acompañado de un ruidoso sorbo y de otro y de otro.

Acto seguido, una voz dijo:

—¡CONTENTO!

Y le siguió un leve ronquido.

La prima Dolly miró a Sam.

—Muy ingenioso, querido, pero, por norma general, no deberías darle azúcar a una mascota. Ni sal. En cualquier caso, has hecho una buena obra y te estoy agradecida. Bien, ¿qué diablos te voy a ofrecer yo ahora para el té? Dennis se lo ha zampado todo. Voy a ver si queda algo en la despensa…

En cuanto la prima Dolly se bajó de la mesa y salió pitando, Prune esbozó una sonrisa de oreja a oreja.

—Espera, no me lo digas.
¡Déjame adivinar! ¡El guiso
de mamá te dio la idea para
hacer eso!

Sam no pudo evitar ponerse
colorado.

—Sí. Lo siento.

Prune se echó a reír.

—Debe de ser la primera vez que su manera
de cocinar da algo bueno como resultado
—afirmó. Estiró las piernas, dio un salto
y bajó de la mesa—. ¿Por qué tienes esa cara
de besugo? Ya es la segunda vez que te pillo
con esa cara hoy.

—Perdón —se afligió Sam—. Estaba
pensando en mi escudo. Ya he mirado y estoy
seguro de que por aquí no está.

—¡Tonterías! —replicó Prune—. No habrás
mirado bien; como mucho, habrás echado
un vistazo. Apuesto a que está bajo una pila de
platos o algo así. Mira...: ¡Ahí vuelve la prima
Dolly! ¡Pregúntale!

La prima Dolly se tambaleaba por el peso del enorme pastel de frutas que traía.

—Lo guardaba para Navidad —explicó—, pero lo tomaremos ahora. Prune, querida…, pon de nuevo a calentar la tetera.

Sam cruzó los dedos a su espalda y se inclinó antes de hablar:

—Prima Dolly, por casualidad no habrás bajado un escudo del ático de los tíos, ¿verdad? Tiene círculos y rayas y zigzags. Creo que puede ser el que busco.

—¿Un escudo, querido? —La prima Dolly posó de golpe el pastel en la mesa—. No recuerdo haberlo cogido.

—¿Estás segura? —preguntó Prune—. ¡Es muy importante!

La prima Dolly extravió la mirada.

—Un escudo... con círculos, rayas y zigzags. El caso es que de algo sí que me suena, pero no sé de qué...

Prune suspiró y fue a poner la tetera al fuego.

—¡Trata de recordar, prima Dolly, INTÉNTALO!

—¡Por favor! —suplicó Sam—. ¡POR FAVOR!

La prima Dolly tomó asiento y cerró los ojos.

—Trataré de hacer memoria, queridos —dijo—. Voy a repasar... ¿Qué he estado haciendo últimamente? Dejadme que piense...

Se hizo un largo silencio; Prune y Sam aguardaban ansiosos.

—Mmmm. ¿Qué estaba haciendo cuando subí al ático por última vez? —La prima Dolly se frotó la nariz—. Les llevé la gelatina

a los tíos, sí, y también tenía intención de darle
la suya a Dennis, que estaba nadando en el foso
con su «No hay que parar». ¡Qué divertido fue!
Me acuerdo de habérselo contado a los tíos
a gritos. ¡Y se rieron MUCHÍSIMO! Pero...

—La prima Dolly adoptó un aire de
culpabilidad—, no recuerdo habérsela llegado
a dar al pobre Dennis... Incluso la preparé
en un plato especial para él... Pero no, nunca
llegué a dársela...

—¡Eso es! —a Sam, sobresaltado, le ardían
las mejillas—. ¿Dónde está ese plato?
POR FAVOR, prima Dolly..., ¿dónde está? Eso
era justamente lo que cantaba el tío Rodney...

«No hay que parar. ¡Diversión!», así que ¡DEBÍA
de estar pensando en Dennis! Imagino que
les dirías que le llevabas el escudo a Dennis,
como si fuera un plato de comida… Así que,
¿dónde está?

—Veamos… —dijo la prima Dolly, con
los ojos abiertos de par en par—. ¡Está allí!
—y señaló la tarta.

Sam y Prune miraron en aquella dirección,
y, sí, la prima Dolly estaba en lo cierto. La tarta
descansaba sobre un escudo redondo…,
un pequeño escudo redondo decorado con
círculos, rayas y zigzags.

—¡SÍ! —Sam alzó un puño al aire—. ¡Es ese!

—¡QUERIDO! —la prima Dolly lo abrazó,
y después a Prune—. ¡Qué alegría tan grande!
¡Es verdadera y absolutamente fabuloso! A ver,
tan solo dejadme que vaya a por otro plato,
para que podáis llevaros vuestro escudo…
¡y tomaremos té y tarta para celebrarlo!

LA REFLEXIÓN DEL BESUGO

De camino a casa, a lomos de sus caballos
y con el preciado escudo a buen recaudo
en la alforja, Sam se dio cuenta de que Prune
iba mucho más callada de lo habitual.

—¿Qué sucede? —le preguntó.

Prune se encogió de hombros.

—Nada.

—Sí, seguro que sí
—insistió Sam—. Te pasas
el día repitiéndome que tengo
cara de besugo cuando pienso
en algo, y ahora te toca a ti.

Prune dejó escapar un profundo suspiro.

—Hoy se te han ocurrido un montón de
buenas ideas —confesó ella—. De hecho, más
que a mí. Quizá, después de todo, no sea tan
buena como fiel compañera.

Parecía increíble que Prune pronunciase
aquellas palabras, por eso Sam tiró de
las riendas de Dora para detenerla y miró
a su prima a los ojos.

—¡Tú has tenido MONTONES y
MONTONES de buenas ideas! Por ejemplo:
diste con el camino correcto para ir al castillo,
y si dejamos atrás a los murciélagos fue gracias
a ti, y también fue tuya la idea de los círculos…

roeles, quiero decir…, y fuiste tú la que… —Sam hizo un alto. Prune ya no tenía cara de besugo. De hecho, lejos de parecerse a un pez, se la veía tremendamente satisfecha consigo misma.

—Pues es verdad —afirmó—. Ha sido cosa mía, ¿verdad? En fin, que se me había olvidado.

—A mí, no —comentó Sam, que después guardó silencio y se ruborizó—. Yo diría que eres la MEJOR fiel compañera que pueda tener nunca un aprendiz de caballero.

—Lo soy, ¿a que sí? —se complació Prune—. En realidad, siempre he sabido que lo era.

—Y mañana averiguaremos en qué consiste la quinta misión —comentó Sam—. ¡Esperemos no toparnos con otros Dennis!

—¡CROO! —graznó el pájaro garabato sobre sus cabezas.

Juntos y contentos, Sam y Prune prosiguieron su marcha.

Querido diario:

Estaba un poco preocupado por si la tía Egg nos estaba esperando al llegar a casa, pero no fue así. Nos la encontramos en la cocina, vestida con su enorme delantal, en medio de un terrible olor a quemado. Y, sin embargo, ¡ella estaba tan contenta! Nos dijo que había preparado un pollo y un pastel de coles de Bruselas; qué suerte la nuestra, ¿verdad? Menos mal que ya habíamos comido tarta en casa de la prima Dolly, porque el pastel de la tía era ABSOLUTAMENTE ASQUEROSO. Prune ni lo probó. A mí no me importó hacerlo, porque me sentía feliz. ¡Ya hemos cumplido cuatro misiones!

Una compañera fiel, una yegua blanca como la nieve, una espada y un escudo... ¡Quién sabe, quizá después de todo logre convertirme en un noble caballero!